AF461058

2 Mai 1896.

P

VENTE DU SAMEDI 2 MAI 1896

HOTEL DROUOT, SALLE N° 9

COLLECTION DE M. C. Ephrussi

PLAQUETTES & MÉDAILLES

PARIS — 1896

HOMO

CATALOGUE

DES

PLAQUETTES ITALIENNES

FRANÇAISES ET ALLEMANDES

Médailles

OBJETS VARIÉS

Composant la Collection de M. C. E.

ET DONT LA VENTE AURA LIEU

HOTEL DROUOT, SALLE N° 9

Le Samedi 2 Mai 1896

à 2 heures

COMMISSAIRE-PRISEUR

Me PAUL CHEVALLIER

10, rue Grange-Batelière, 10

EXPERTS

MM. MANNHEIM Père et Fils

7, rue Saint-Georges, 7

EXPOSITION PUBLIQUE

Le Vendredi 1er Mai 1896, de 1 heure 1/2 à 5 heures 1/2

CONDITIONS DE LA VENTE

La vente sera faite au comptant.

Les adjudicataires paieront *cinq pour cent* en sus des enchères.

L'Exposition mettant le public à même de se rendre compte de l'état et de la nature des objets, il ne sera admis aucune réclamation une fois l'adjudication prononcée.

Paris. — Imp. de l'Art, E. Moreau et Cie, 41, rue de la Victoire.

DÉSIGNATION DES OBJETS

PLAQUETTES ITALIENNES

1 — *Apollon et Marsyas.* A droite, on voit Apollon debout et demi-nu. De la main gauche, il tient une grande lyre; de la droite, le plectrum. Près de lui, à gauche, l'élève de Marsyas, Olympus, nu et à genoux, implore la clémence du Dieu. A gauche est Marsyas, les mains liées derrière le dos et attaché à un arbre mort. Il est assis sur une peau de bête; la jambe droite est relevée. Légende : NERO · CLAVDIVS · CAESAR · AVGVSTVS · GERMANICUS · P · M · TR · P · IMP · PP ·. Bronze. Italie, xve siècle. Molinier, 2.

Haut., 45 millim.; larg., 4 cent.

2 — *Une Bacchante*, à mi-corps, une peau de bouc drapée autour du buste, tournée vers la gauche, couronnée de lierre, se presse le sein dans un rhyton. Bronze ovale; fragment de la boîte de miroir connue sous le nom de *Patère Martelli*. Italie, fin du xve siècle. M., 29.

Haut., 11 cent.; larg., 9 cent.

3 — *Un Triomphe.* Le triomphateur, debout, complètement nu, est représenté de face, le bras gauche appuyé sur

une lance, un bouclier au bras droit. Derrière ses épaules voltige une draperie. Le char, de forme antique, est traîné par deux chevaux au pas, vus de face également et en raccourci ; deux hommes les tiennent par la bride à droite et à gauche. Bronze. Italie, xve siècle. M., 84.

Diam., 52 millim.

4 — *Auguste et l'Abondance.* Revers de la médaille d'Auguste. Auguste, tenant en main un caducée, donne la main à l'Abondance qui tient une corne de la main gauche; entre eux, un trépied antique. Cette plaquette, qui a sans doute formé l'extrémité d'un encrier, est entourée d'une moulure. Bronze. Cristoforo di Geremia. Italie, xve siècle. M., 90.

Haut., 7 cent.; larg., 7 cent.

5 — *L'Empereur Auguste.* Il est représenté en buste de profil à droite, imberbe, couronné de chêne. Tout autour de ce médaillon se développe une frise ornée de palmettes. Bronze. Imitation d'une médaille de Cristoforo di Geremia. Italie, xve siècle.

Diam., 12 cent.

6 — *Portrait d'un Pape.* Il est représenté en buste de profil à gauche, vêtu d'une chape et coiffé de la tiare. Bas-relief d'applique. Bronze. Italie, xve siècle.

Haut., 82 millim.

7 — *Saint Gérôme.* Ce père de l'Église est représenté assis, le corps de face, la tête tournée vers la droite ; il est vêtu d'un grand manteau, coiffé d'un chapeau et lit dans

un livre posé sur la tête du lion qui lui sert d'attribut Argent repoussé et doré. Italie, fin du xve siècle.

Haut., 55 millim.

8 — *Jeux d'amours*. Un amour coiffé d'un masque barbu se précipite sur un autre amour qui, de peur, tombe à la renverse ; à droite, deux autres amours debout, l'un porte un vase, l'autre joue de la flûte. Plaque de coffret. Bronze. École de Padoue, xve siècle.

Long., 85 millim.; haut., 48 millim.

9 — *Un Jeune Chasseur et un Bacchant*. A gauche, un jeune chasseur, vêtu d'un manteau court agrafé sur l'épaule gauche, assis sur un trophée et endormi, la tête appuyée sur la main droite. Vers lui s'avance un bacchant nu, la tête coiffée d'un casque surmonté de trois plumes, tenant d'une main une lance ornée de deux ailes, de l'autre une tortue en guise de bouclier. A gauche, sur un piédestal, une statue de l'Amour tenant d'une main un arc et de l'autre une flèche. Bronze. Melioli. Italie, xve siècle. M., 104.

Diam., 47 millim.

10 — *Amour endormi*. Il est assis à terre et endormi, le bras droit appuyé sur un cippe auquel sont suspendus son arc et son carquois. A droite, au second plan, un gazon et un arbre. Bronze. Antonio da Brescia. Italie, fin du xve siècle. M., 120.

Diam. 65 millim.

11 — Face : *l'Abondance et un Satyre*. L'Abondance est re-

présentée sous la figure d'une femme nue et étendue à terre, une corne d'Abondance dans la main droite. Vers la droite, un satyre nu et sonnant de la trompe. Au fond, quelques monuments ornés de colonnades. — Revers : *Bacchante endormie et Satyres.* A gauche, près d'un pilier sur lequel on lit le mot : VIRTVS, on voit une femme endormie, la tête appuyée sur la main droite. Près d'elle sont deux enfants, dont l'un lui prend le sein. Deux satyres, dont l'un porte une branche d'arbre, soulèvent la draperie qui couvre la femme. Au fond, un arbre. Bronze. Antonio da Brescia. Italie, xve siècle. M., 121 et 122.

Diam., 6 cent.

12 — *Bacchante endormie et Satyres.* A gauche, près d'un pilier sur lequel on lit le mot VIRTVS, on voit une femme endormie, la tête appuyée sur sa main droite. Près d'elle sont deux enfants, dont l'un lui prend le sein. Deux satyres, dont l'un porte une branche d'arbre, soulèvent la draperie qui couvre la femme. Au fond, un arbre. Bronze. Antonio da Brescia. Italie, fin du xve siècle. M., 122.

Diam., 6 cent.

13 — *Ariadne dans l'île de Naxos.* Au centre, Ariadne assise et demi-nue, tenant un flambeau renversé. A droite et à gauche, une bacchante, deux bacchants, un satyre et une faunesse portant des torches et divers attributs, parmi lesquels on distingue une tête de taureau et une hure de sanglier. En exergue, la signature : I O. FF. Bronze. Giovanni delle Corniole. Italie, commencement du xvie siècle. M., 130.

Diam., 52 millim.

14 — *Horatius Coclès.* Au centre, Horatius Coclès, sur un cheval au galop, la lance en main, défend le pont que deux Romains détruisent derrière lui. Trois soldats, portant des boucliers, des lances et des épées, attaquent Coclès en même temps. Au fond, à droite, on voit un château fort ressemblant au château Saint-Ange, surmonté de drapeaux. Dans le ciel, trois étoiles. Bronze découpé, destiné à orner le pommeau d'une épée. Giovanni delle Corniole. Italie, commencement du XVIe siècle. M., 137.

Haut., 61 millim.; larg. 59 millim.

15 — *Mucius Scævola.* A droite, Mucius Scævola, debout, se brûle la main au-dessus d'un autel allumé; près de lui, se tiennent deux personnages. Au second plan, un édifice supporté par des colonnes. A gauche, un guerrier debout portant une enseigne, et trois cavaliers, dont l'un porte également une enseigne. Bronze découpé, destiné à orner le pommeau d'une épée. Giovanni delle Corniole. Italie, commencement du XVIe siècle. M., 138.

Haut., 58 millim.; larg., 56 millim.

16 — *Allégorie sur l'Union.* A droite, sur une estrade, est placé un siège pliant sur lequel est assis un vieillard chauve, barbu, vêtu à l'antique; des deux mains il brise une baguette. Au pied de l'estrade, se tient un homme debout; un autre, agenouillé, essaie en vain de briser un faisceau, tandis qu'un troisième, debout derrière lui, brise facilement une baguette au-dessus de sa tête. A gauche, trois personnages, un jeune et deux vieux, accoudés à une balustrade. Dans le ciel, au milieu des

nuages, on voit un taureau à face humaine, précédé d'un petit génie et accompagné d'une étoile et du croissant de la lune. En exergue, la signature : IO. F. F. Bronze. Giovanni delle Corniole. Italie, commencement du XVIe siècle. M., 142.

Diam., 53 millim.

17 — *La Vierge, l'Enfant Jésus et deux anges.* La Vierge, assise sur un trône, vêtue d'une robe et d'un manteau à plis nombreux, tient sur son genou gauche l'Enfant Jésus ; de la main droite, elle caresse un ange debout près d'elle ; à droite, un autre ange se tient debout. Bronze. Moderno. Italie, commencement du XVIe siècle. M., 165.

Haut., 62 millim.; larg., 52 millim.

18 — *L'Adoration des Mages.* A droite, la Vierge assise, accompagnée de saint Joseph et d'un petit enfant, présente l'Enfant Jésus à l'adoration des rois, dont l'un est agenouillé ; au second plan, l'étable et l'étoile qui a guidé les rois ; fond de montagnes dans lequel on aperçoit la suite des Mages. Bronze. Moderno. Italie, XVIe siècle. M., 168.

Haut., 9 cent.; larg., 67 millim.

19 — *La Présentation au temple.* Dans un édifice voûté, on voit au centre un autel de forme carrée orné de chimères, de palmettes et de médaillons. A droite, la Vierge debout, tête nue, vêtue d'une robe et d'un manteau, présente Jésus à Siméon. Le grand prêtre porte une longue barbe frisée ; il est vêtu d'une robe et d'un manteau à plis nombreux. Derrière lui, deux hommes barbus. Derrière la

Vierge, deux femmes debout. A terre, trois petits chiens, l'un assis au centre, les deux autres courant à droite et à gauche. Bronze. Moderno. Italie, xvie siècle. M., 169.

Haut., 11 cent.; larg., 73 millim.

20 — *La Flagellation.* La scène se passe dans un édifice séparé en deux nefs par une série de piliers. Au centre, au premier plan, on voit le Christ, une draperie nouée autour des reins, attaché à une colonne, le bras gauche relevé au-dessus de la tête. A droite, un homme nu, vu de dos, prend son élan pour frapper Jésus d'un fouet qu'il tient à la main ; à gauche, un soldat romain lève également un fouet sur lui. D'autres soldats sont assis à terre, au milieu de casques et de boucliers, et contemplent ce spectacle. Au second plan, on voit six autres soldats dans différentes attitudes ; l'un d'entre eux est à cheval. Bronze. Moderno. Italie, xvie siècle. M., 170.

Haut., 135 millim.; larg., 10 cent.

21 — Plaquette oblongue : *le Christ crucifié entre les deux larrons.* Bronze. Par Moderno. Fin du xve siècle. Encadrée.

22 — *La Mise au tombeau.* Au premier plan, les saintes femmes, accompagnées de saint Jean et de Joseph d'Arimathie, placent le Christ dans le tombeau dont la face est ornée d'une frise représentant, en bas-relief, une scène de la Passion. Tous les personnages, et en particulier Marie-Madeleine, offrent le spectacle du plus affreux désespoir. Dans le fond, au milieu des arbres et des rochers, on voit, à gauche, Jérusalem, le Christ s'ache-

*

minant vers le Calvaire, et, au centre, la Crucifixion. Bronze argenté. Moderno. Italie, commencement du XVIᵉ siècle. M., 172.

Haut., 10 cent.; larg., 65 millim.

23 — *La Mise au tombeau.* Le Christ, vu à mi-corps, la tête renversée en arrière, est soutenu à droite par saint Jean, à gauche par la Vierge et un petit génie. Le Christ, la Vierge et saint Jean sont nimbés. Bronze. Moderno. Italie, XVIᵉ siècle. M., 176.

Haut., 95 millim.; larg., 85 millim.

24 — *La Mise au tombeau.* Au centre, on voit un sarcophage de forme rectangulaire, dont le devant est orné de deux cartouches entourés de rinceaux. Un personnage, vêtu d'une tunique flottante, boutonnée sur la poitrine, monté sur le bord du sarcophage, soulève le corps du Christ au moyen d'un linge passé sous ses bras, tandis qu'un autre personnage barbu le prend par les jambes. A gauche, saint Jean debout, joignant les mains, les yeux tournés vers le ciel. A droite, un homme barbu, debout, vêtu d'une longue tunique boutonnée et munie de manches, tient les clous qui ont attaché le Christ sur la croix et un marteau. Derrière le sarcophage, la Vierge et deux saintes femmes. Au fond, à gauche, le Calvaire surmonté des trois croix ; au centre et à droite, des rochers et des arbres. Bronze. Moderno. Italie, XVIᵉ siècle. M., 179.

Haut., 12 cent.; larg., 101 mill.

25 — *Auguste et la Sibylle.* Vers la droite, Auguste à genoux, auquel la Sibylle montre dans le ciel la Vierge tenant

l'Enfant Jésus. Fond d'architecture décoré de médaillons et de trophées. Bronze doré. Moderno. Italie, xvie siècle. M., 185.

Diam., 55 mill.

26 — *Hercule et le lion de Némée.* Hercule est représenté nu et à genoux, tourné vers la droite. De ses deux bras, il a saisi la tête du lion qu'il presse contre sa poitrine. Bronze. Moderno. Italie, xvie siècle. M., 197.

Haut., 77 mill.; larg., 66 mill.

27 — *Hercule et le lion de Némée.* Hercule nu, de profil à gauche, la jambe droite portée en avant, légèrement penché, presse de ses deux bras la tête du lion contre sa poitrine. Derrière lui, à un arbre, sont pendus un carquois et un arc ; à terre, la massue du héros. Bronze doré. Moderno. Italie, xvie siècle. M., 199.

Haut., 55 mill.; larg.. 63 mill.

28 — *Hercule et le lion de Némée.* Hercule nu, de profil à gauche, la jambe droite portée en avant, légèrement penché, presse de ses deux bras la tête du lion contre sa poitrine. Derrière lui, à un arbre, sont pendus un carquois et un arc ; à terre, la massue du héros. Bronze. Moderno. Italie, xvie siècle. M., 199.

Haut., 78 mill.; larg., 58 mill.

29 — *Hercule nettoyant les écuries d'Augias.* Hercule nu et vu de dos, marchant vers la droite, fait sortir des écuries deux taureaux qu'il tient par les cornes. Au fond, une

arcade brisée. En haut on lit : O. MODERNI. Bronze. Moderno. Italie. Commencement du XVIe siècle. M., 201.

Haut., 71 mill.; larg., 53 mill.

30 — *Hercule et Antée.* Hercule debout et de face, vêtu de la peau du lion de Némée, s'appuie des deux mains sur sa massue. Il contemple Antée étendu mort devant lui, sur la poitrine duquel il pose le pied gauche. A droite, l'entrée d'une caverne. A gauche, une arcade brisée sur laquelle on lit : O. MODERNI. Bronze. Moderno. Italie, XVIe siècle. M., 204.

Haut., 68 mill.; larg., 54 mill.

31 — *L'Enlèvement de Déjanire.* Le centaure, dirigé vers la gauche, retient Déjanire assise sur sa croupe. Bronze doré. Moderno. Italie, commencement du XVIe siècle. M., 205.

Haut., 4 cent.; larg., 4 cent.

32 — *Un Combat.* Un cavalier, coiffé d'un casque, portant au bras gauche un bouclier hexagone, lance son cheval au galop vers la droite. Sous son cheval, on voit deux hommes et un cheval renversé. Un second cheval au galop, mais sans cavalier, se voit au second plan, derrière le premier. Bronze. Moderno. Italie, XVIe siècle. M., 215.

Diam., 58 millim.

33 — *Chasse au lion.* Au centre, on voit un lion qui vient de terrasser un homme nu qui se protège d'un bouclier ovale. A gauche, un cavalier nu, coiffé d'un casque dont une chimère forme le cimier, vêtu d'un manteau flottant,

un bouclier hexagonal au bras gauche, sur un cheval au galop; derrière lui, on voit un homme nu à pied. Vers la droite, un second cavalier casqué, armé d'une épée et d'un bouclier; et, tout à fait à droite, un piéton nu, casqué, un bouclier au bras gauche, va frapper le lion d'une épée. Bord orné d'une moulure. Bronze. Moderno. Italie, xvie siècle. M., 217.

Diam., 82 millim.

34 — *Judith.* Judith, vêtue d'une tunique et d'une robe flottante à manches serrées et munies de boutons, les pieds chaussés de sandales, se penche vers sa servante, qui lui tend un sac dans lequel elle dépose la tête d'Holopherne. Bronze argenté. Andrea Riccio. Padoue, commencement du xvie siècle. M., 218.

Haut., 102 millim.; larg., 77 millim.

35 — *Combat à la porte d'une ville.* Au fond, une ville parmi les monuments de laquelle se distingue des tours à plusieurs étages et une coupole. A gauche, des rochers et un arbre. A droite, une porte de ville surmontée d'un drapeau; des cavaliers en sortent au galop. A gauche, un cavalier sur un cheval également au galop et derrière lui un autre cavalier portant un étendard. Près du premier cavalier, un fantassin vient d'être terrassé par un autre fantassin. Enfin, au centre et au second plan, un cavalier lutte contre un piéton nu, casqué et armé d'un bouclier. A terre, des hommes et des chevaux renversés. Bronze. Andrea Riccio. Padoue, commencement du xvie siècle. M., 236.

Haut., 132 millim.; larg., 97 millim.

36 — *Triomphe d'un héros.* Au centre, un héros debout et nu ; la Victoire lui pose une main sur l'épaule ; entre eux, un vase d'où sort un serpent, symbole de l'Envie. A gauche, deux personnages dont l'un porte une branche de laurier ; à droite, un sacrifice. Plaquette rectangulaire en bronze, par Andrea Briosco, dit il Riccio. Padoue, commencement du XVIe siècle.

Haut., 75 millim ; larg., 10 cent.

37 — *Saint Jérôme.* Le saint est représenté debout, barbu, la poitrine nue, vêtu d'une draperie dont les plis retombent sur le bras et l'épaule gauche. Il tient de la main droite une pierre dont il va se frapper la poitrine et lit dans un livre ouvert près de lui sur un rocher. Plus bas, on voit une tête de mort et un arbre mort. A gauche, au premier plan, un livre fermé, un lion assis, et au second plan un édifice en ruine. En haut on lit : VLOCRINO. Bronze. Ulocrino. Italie, commencement du XVIe siècle. M., 248.

Haut., 77 millim.; larg., 5 cent.

38 — *L'Adoration des Mages.* A gauche, en avant de l'étable, est assise la Vierge qui tient sur ses genoux l'Enfant Jésus qu'elle présente à l'adoration des Mages ; l'un d'eux est agenouillé devant lui et lui offre un vase ; un second debout, au second plan, porte une coupe, un troisième une urne. A gauche saint Joseph est debout ; au second plan, à droite, on aperçoit la suite des Mages. Bronze ovale surmonté d'un cristal de roche. Valerio Belli. Italie, XVIe siècle.

Haut., 9 cent.; larg., 65 millim.

39 — *L'Adoration des Bergers.* Au centre, la Vierge agenouillée devant l'Enfant Jésus près duquel se tient debout saint Joseph. A droite et à gauche, des bergers apportant des offrandes. Fond d'architecture. Bronze. Valerio Belli. Italie, commencement du XVIe siècle.

Haut., 67 millim.; larg., 51 millim.

40 — *L'Adoration des Bergers.* Au centre, la Vierge agenouillée devant l'Enfant Jésus, étendu à terre sur une draperie que soulève saint Joseph, assis sur une pierre sur laquelle on lit la signature :

VALER
IVS F

A droite, deux bergers, dont l'un tient un chien en laisse, et une femme portant sur sa tête une corbeille de fruits. A gauche, trois bergers debout; l'un est appuyé sur un long bâton, un autre porte un agneau sur ses épaules. Au fond, une colonnade, le bœuf et l'âne. Dans le ciel, deux anges, vêtus de robes flottantes, portant des branches de laurier; plus haut, le Saint-Esprit entouré de rayons. Épreuve d'une plaque de cristal de roche gravée. Bronze ovale. Valerio Belli. Italie, XVIe siècle. M., 258.

Haut., 8 cent.; larg., 67 millim.

41 — *Hercule et Cacus.* Au premier plan, Hercule, vêtu de la peau du lion de Némée, tenant sa massue dans la main droite, est endormi à terre. Au second, Cacus, entièrement nu, fait rentrer les génisses d'Hercule dans leur

antre en les tirant par la queue. Fond de paysage. Bronze circulaire. Moderno. Italie, XVIe siècle. M., 194.

Diam., 58 millim.

42 — *L'Adoration des Mages; la présentation au Temple.* A droite, la Vierge assise, accompagnée de saint Joseph, présente l'Enfant Jésus à l'adoration des Mages, qui lui offrent des présents; à gauche, on voit des serviteurs, des rois et des chameaux; au fond, un portique sur lequel on lit l'inscription : ΑϹΤΕΡΙ ΕΠΟΜΕΝΟΙ ΦΩϹ ΕΥΡΟΜΕΝ. Au revers, en avant d'un monument de style antique, figurant le Temple, la Vierge présente l'Enfant Jésus à Siméon. Sur l'architecture, on lit l'inscription : NVNC DIMITTIS SERVVM TVVM DOMINE. Ces deux plaquettes sont des surmoulés de cristaux de roche gravés. Bronze. Valerio Belli. Italie, XVIe siècle. M., 262.

Haut., 7 cent.; larg., 5 cent.

43 — *Jésus chassant les marchands du Temple.* A gauche, le Christ, debout, armé d'une corde, chasse devant lui les vendeurs, parmi lesquels on distingue un homme portant un agneau et deux femmes portant sur leurs têtes des corbeilles contenant des oiseaux. Devant elles marche un enfant. Au fond, le temple. Bronze octogone. Valerio Belli. Italie, XVIe siècle. M., 267.

Haut., 58 millim.; larg., 58 millim.

44 — *Le Baiser de Judas.* Au centre, le Christ nimbé, barbu, vêtu d'une robe longue et d'un manteau, regarde Judas qui va l'embrasser. Un homme demi-nu saisit

Jésus par derrière. Derrière Judas, à droite, saint Pierre a renversé à terre un soldat et va le frapper d'un sabre recourbé. Au second plan, plusieurs soldats, les uns casqués, les autres nu tête, portant des torches, une corde, une enseigne. Signé au bas de la composition : VALERIVS · VICENTINVS · F ·. Sur le bord, une moulure peu saillante. Épreuve d'une plaque de cristal de roche. Bronze ovale. Valerio Belli. Italie, XVIe siècle. M., 270.

Haut., 82 millim.; larg., 92 millim.

45 — *Le Portement de croix*. Au centre, Jésus, barbu et nimbé, vêtu d'une longue robe et d'un manteau, marche plié sous le poids de la croix ; une corde est passée à son cou et un personnage placé devant lui le tire en avant ; un soldat romain le pousse par derrière et s'apprête à le frapper d'une masse qu'il tient dans la main droite. Derrière ce soldat, au second plan, on aperçoit Simon qui aide le Christ à porter la croix et au premier plan Véronique, agenouillée, tenant le voile portant l'image du Sauveur. Au fond, trois cavaliers, trois saintes femmes et quatre soldats. Signé au-dessous de sa composition : VALERIVS · VICENTINVS · F. Sur le bord, une moulure peu saillante. Épreuve d'une plaque de cristal de roche gravée. Bronze ovale. Valerio Belli. Italie, M., 274.

Haut., 86 millim.; larg., 95 millim.

46 — *Le Christ apparaissant aux apôtres*. Au centre, le Christ, debout, barbu, nimbé, la poitrine nue, un manteau drapé sur l'épaule droite. Il parle à dix apôtres

rangés à droite et à gauche. Au fond, une grande porte ornée de pilastres. Bronze. Valerio Belli, Italie, xvie siècle. M., 284.

Haut., 72 millim.; larg., 53 millim.

47 — *Hercule, Minerve, Vénus et l'Amour.* A gauche, Hercule, assis, la peau du lion de Némée drapée sur son épaule gauche, appuyé de la main droite sur sa massue. Devant lui, Minerve, debout, casquée, une lance dans la main gauche, un rameau d'olivier dans la droite ; enfin, à droite, Vénus, debout, drapée, donne la main gauche à l'Amour enfant. En exergue : INSTAR. Reproduction d'une plaque de cristal de roche gravée ; imitation d'un antique. Bronze ovale. Valerio Belli. Italie, xvie siècle. M., 288.

Haut., 46 millim.; larg., 42 millim.

48 — *Hygie.* Elle est représentée assise, demi-nue, tenant de la main gauche un serpent. A gauche, un autel cylindrique derrière lequel on aperçoit un homme et une femme debout. En exergue : la signature : Va · F · surmonté d'une pierre gravée. Bronze ovale. Valerio Belli. Italie, xvie siècle.

Haut., 36 millim.; larg., 28 millim.

49 — *Vénus, Minerve et Mars.* Mars est assis à gauche sur un trophée d'armes ; près de lui se tiennent debout Minerve, casquée et tenant une lance, puis Vénus jouant avec l'Amour. En exergue, la signature : VALERIUS · VI · F · Bronze ovale. Valerio Belli. Italie, xvie siècle.

Haut., 44 millim.; larg., 37 millim.

50 — *Un Sacrifice*. Au centre, un autel cylindrique. A droite et à gauche, quatre femmes debout ; au fond, un temple à fronton semi-circulaire. Bronze ovale. Valerio Belli. Italie, XVIe siècle. M., 300.

Haut., 45 millim.; larg., 35 millim.

51 — *Chasse au lion*. Cinq chasseurs vêtus à l'antique, montés sur des chevaux tournés vers la droite et cabrés, armés de massues, poursuivant un lion et une lionne que harcèlent trois chiens. Au centre, au second plan, un arbre. Au bas, on lit la signature : VALERIVS · VICENTINVS · F. Bronze ovale. Valerio Belli. Italie, XVIe siècle. M., 306.

Haut., 69 millim.; larg.; 79 millim.

52 — *Une Offrande*. A gauche, un autel orné de festons sur lequel un homme nu est assis, une de ses jambes repliée sous lui ; près de lui, deux femmes debout, vêtues de longues tuniques. En exergue, la signature : VALERIVS · F. Bronze ovale. Valerio Belli. Italie, XVIe siècle. M., 308.

Haut., 5 cent.; larg., 4 cent.

53 — *L'Enlèvement de Ganymède*. Ganymède est représenté de face, évanoui, enlevé par l'aigle qui lui tient les jambes dans ses serres et a passé une de ses ailes sous son bras droit. Derrière Ganymède flotte une draperie ; plus bas, des nuages. Épreuve d'une plaque de cristal de roche gravée. Bronze ovale. Giovanni Bernardi de Castelbologne. Italie, XVIe siècle. M., 328.

Haut., 67 millim.; larg., 9 cent.

54 — *Septime Sévère ordonne de décapiter le corps d'Albin.* Septime Sévère, assis sur un siège supporté par un aigle, placé sur un tribunal, ordonne de séparer la tête du corps d'Albin qu'un soldat porte sur son dos. Un autre soldat dispose à cet effet un billot sur lequel on voit les lettres $\frac{\text{ST}}{\text{GM}}$, sans doute la signature de l'artiste. A droite, d'autres soldats. Bronze ovale. Gabazzo Mondella. Italie, XVIe siècle.

Haut., 4 cent.; larg., 5 cent.

55 — *André Doria sous les traits de Neptune.* A gauche, André Doria, vêtu d'une cuirasse antique, le trident en main, assis sur un char traîné par deux chevaux marins. Au second plan, des tritons et des néréïdes, et au fond, à droite, Neptune debout sur un char et tenant un trident; dans le ciel, des nuages et plusieurs aigles. En haut, on lit : ANDR. · PATRIS · AVSPITIIS · ET · PROPRIO · LABORE. Bronze. Leone Leoni. Italie, XVIe siècle. M., 352.

Haut., 95 milim.; larg., 7 cent.

56 — *Allégorie de la Fontaine des Sciences.* Au milieu d'un bassin se tient debout une femme vêtue d'une longue tunique, soutenant sur sa tête, de ses deux mains, une vasque d'où l'eau s'écoule par deux goulots en forme de tête de dragon. A droite, trois personnages s'apprêtent à boire à la fontaine; à gauche, un homme puise dans la fontaine, un autre remplit une urne, un troisième approche de ses lèvres une coupe qu'il vient de remplir et

qu'un enfant cherche à lui enlever. Tout à fait à gauche, au second plan, un homme tenant un compas. Légende : VIRTVS · NVNQ · DEFICIT. Bordure de grenetis. Bronze. Leone Leoni. Italie, XVIe siècle. M., 353.

Haut., 8 cent.

57 — *Saint Luc.* L'apôtre est représenté assis, un pinceau dans la main droite, une palette dans la gauche, devant un chevalet sur lequel repose un tableau où il a tracé les traits de la Vierge, qui lui apparaît portant l'Enfant Jésus, au milieu d'une gloire de nuages. Derrière le chevalet, on voit le bœuf, attribut du saint. Au bas, on lit la signature : HAMERAND·F. Bronze doré. Fin du XVIe siècle. M., 357.

Diam., 42 millim.

58 — *La Vierge et l'Enfant Jésus.* La Vierge, vue à mi-corps et de profil à gauche, presse contre son sein l'Enfant Jésus; sur le fond, des guirlandes. L'encadrement, découpé, est orné aux angles de mascarons vus de profil et adossés; en haut et en bas, de deux compartiments où sont représentés des trophées; sur les côtés, de deux petits médaillons contenant des bustes de face. Bronze. École de Padoue, XVe siècle. M., 366.

Haut., 98 millim.; larg., 75 millim.

59 — *Pietà.* Au centre, le Christ nimbé, vu à mi-corps, de face, la tête penchée vers la gauche, assis dans le tombeau. A gauche, la Vierge nimbée, voilée, vue à mi-corps,

les mains jointes. A droite, saint Jean nimbé, vu de profil, les mains jointes. Au bas, on lit :

O DOMINE IESV CRI
STE ADORO TE IN
CV̄CE PENDENTEM

Bronze. Ecole de Padoue, fin du xve siècle. M., 380.

Haut., 8 cent.; larg., 56 millim.

60 — *La Vierge.* A mi-corps, de profil à droite, est vêtue d'une robe à manches collantes et d'un long manteau ; elle est nimbée, un voile entoure le cou et les cheveux sur lesquels est posé un diadème. De ses deux mains, elle soutient l'Enfant Jésus nu et nimbé. Le bas-relief, sans fond, est accompagné à la partie inférieure d'un cartouche rectangulaire. École de Padoue, xve siècle. M., 367.

Haut., 9 cent.; larg , 74 millim.

61 — *La Vierge allaitant l'Enfant Jésus.* La Vierge est assise dans une chaire à haut dossier, dont les montants sont soutenus par des griffons et dont le faîte est accosté de deux petits anges tenant une guirlande. Vêtue d'une robe et d'un long manteau, bordé d'un orfroi, un voile sur la tête, nimbée, elle soutient d'une main l'Enfant Jésus, assis sur son genou gauche, tandis que de l'autre elle lui présente le sein. Bronze. École vénitienne, xve siècle. M., 423.

Haut., 142 milim.; larg., 9 cent.

62 — *Vulcain forgeant les ailes de l'Amour.* A gauche, Vul-

cain, assis sur un rocher, tient de la main gauche une flèche sur son enclume, et de la droite, un marteau. Devant lui, on voit l'Amour enfant tenant deux flèches. Au second plan, à droite, est assise Vénus vêtue d'une tunique. De la main droite, elle tient un arc qu'elle montre à l'Amour. A terre, un marteau et un carquois. Légende : AMOR VINCIT OMNIA. Assez haut-relief. Bronze. Italie du Nord, fin du xve siècle. M., 482.

Diam., 53 millim.

63 — Face : *Faustine*. Buste de femme, de face, la tête tournée de trois quarts à gauche, les cheveux en bandeaux et noués sur le haut du front; deux longues boucles retombent sur les épaules. Elle est vêtue d'une tunique agrafée sur l'épaule droite. Légende gravée en creux : DIVA FAUSTINA. Revers : *Un Triomphe romain*. Des cavaliers, vêtus à l'antique, et des piétons portant des enseignes. Légende : SENATS · POP · LS. Au bas, un trophée d'armes et, sur un bouclier, la lettre M. Bronze. Italie, xvie siècle. M., 516 et 640.

Diam., 37 millim.

64 — *Uu Triomphe romain*. Des cavaliers, vêtus à l'antique, et des piétons portant des enseignes. Légende : SENATUS · POP · LS. Au bas, un trophée d'armes, et sur un bouclier, la lettre M. Revers d'une médaille? Ce Triomphe est entouré d'une frise représentant une chasse au cerf, une chasse à l'ours, et Hercule terrassant le lion de Némée. Bronze. Italie, commencement du xvie siècle. M. 610.

Diam., 74 millim.

65 — *La Cène*. Le Christ, nimbé, est assis à table au milieu des apôtres, également nimbés. Judas est représenté à droite ; de la main gauche, il tient la bourse qu'il cache derrière son dos. Au premier plan, en avant de la table, on remarque deux urnes, de forme antique, posées à terre. Bronze. Italie, XVIe siècle. M., 557.

Haut., 65 millim.; larg., 106 millim.

66 — *La Mise au tombeau*. Au premier plan, le Christ mort, étendu à terre et soutenu par deux saintes femmes. Au second plan, la Vierge agenouillée, les mains jointes, saint Jean, deux hommes et la Madeleine debout. A gauche, par un rocher percé à jour et couvert d'arbres, on aperçoit des fabriques. A droite, un arbre. Au fond, la ville de Jérusalem et le Calvaire surmonté de trois croix. Bronze. Italie, XVIe siècle. M., 568.

Haut., 106 millim.; larg., 75 millim.

67 — *La Justice de Trajan*. Au centre, on voit l'empereur, à pied, suivi de nombreux cavaliers. Devant lui, un homme agenouillé, et, à droite, une femme tenant un enfant par la main. A gauche, deux soldats romains à cheval et un troisième à pied. Au fond, à gauche, on aperçoit le Colisée, et à droite, l'Arc de Constantin. La base est ornée d'un bas-relief sur lequel est représenté un combat de cavaliers et de piétons. Costumes antiques. Bronze, cintré par le haut. Italie, XVIe siècle. M., 625.

Haut., 94 millim.; larg., 54 millim.

68 — *Un Combat*. Au centre, deux cavaliers au galop chargent des fantassins nus debout vers la droite ; un troi-

sième cavalier vient de tomber à terre avec son cheval. A gauche, un soldat à pied et un autre cavali r. Au fond, les murailles d'une ville. Bronze. Italie, XVIe siècle. M., 634.

Haut., 4 cent.; larg., 51 mill.

69 — *Combat.* Au centre, un homme nu, barbu, tenant dans la main droite une épée, monté sur un lion tourné vers la gauche. Il lutte avec un homme vêtu à l'antique, qui, de la main droite, le saisit à la gorge, et de la gauche lui présente une coupe. A terre, un vase renversé d'où s'échappe un liquide. Au second plan, deux autres hommes combattant avec des épées; l'un d'eux est casqué et cuirassé. Fond d'architecture en ruine. Bronze. Italie, XVIe siècle. M., 641.

Haut., 7 cent.; larg., 6 cent.

70 — *La Force.* La Force est representée sous les traits d'une femme debout, de face, drapée dans un manteau, la poitrine à demi-nue. De la main droite, elle s'appuie sur un fût de colonne cannelée. A droite, à terre, un chapiteau. Fond de paysage boisé et de montagnes. Bronze. Allemagne, XVIe siècle. M., 657.

Haut., 78 mill.; larg., 5 cent.

71 — *Triomphe de l'Amour.* L'Amour est debout sur un char traîné vers la droite par trois chevaux; il vient de décocher une flèche. Devant son char marchent des prisonniers; l'un d'eux est accompagné d'un aigle. Bronze ovale. Italie, milieu du XVIe siècle.

Haut., 29 millim.; larg., 76 millim.

72 — *Triomphe de la Renommée.* La Renommée est assise sur un char traîné par deux éléphants; elle sonne de la trompette et de la main gauche tient une torche. A droite et à gauche se développe un combat de cavalerie. Bronze ovale. Italie, milieu du XVIe siècle.

Haut., 29 millim.; larg., 7 cent.

73 — *Le Triomphe de la Mort.* La Mort représentée sous les traits d'un squelette brandissant une faux est debout sur un char antique traîné par des taureaux; des cadavres jonchent la route. Vers la gauche, on aperçoit un squelette tenant un sablier et plusieurs personnages s'enfuyant. Bronze ovale. Italie, milieu du XVIe siècle.

Haut., 28 millim.; larg., 75 millim.

74 — *Triomphe de la Religion.* Sur un char traîné par deux chevaux et dirigé vers la gauche, que conduit un homme tenant en main un paquet de verges, est assise la Religion, un sceptre dans la main gauche. Près d'elle marche la Charité tenant dans ses bras un petit enfant et accompagnée de deux autres enfants; et la Foi, les bras croisés, une croix dans la main droite, un calice dans la gauche. Au second plan, on voit l'Espérance portant une ancre sur son épaule, un oiseau sur le poing. A droite, au fond, on aperçoit des fabriques. Bronze. Italie, XVIe siècle. M., 663.

Haut., 66 millim.; larg., 125 millim.

75 — *Pietà.* La Vierge assise et vêtue de long soutient le corps du Christ mort sur ses genoux; près d'elle, à gauche, est agenouillé saint Jean; au second plan, à

droite, on aperçoit deux saintes femmes dont l'une joint les mains, tandis que l'autre pleure. Bronze ovale. Italie du Nord, commencement du XVIe siècle.

Haut., 4 cent.; larg., 34 millim.

76 — *Hercule enchaînant Cerbère.* Hercule, debout, à l'entrée des Enfers, enchaîne Cerbère dont il maintient la tête serrée entre ses genoux. Bronze. Italie, XVIe siècle.

Haut., 85 millim.; larg., 75 millim.

77 — *La Résurrection.* Le Christ, demi-nu, la main droite levée pour bénir, s'élève hors du tombeau qu'entourent cinq soldats vêtus à la romaine; les uns sont endormis, les autres donnent des signes d'effroi. Bronze, bas-relief sans fond. Italie, fin du XVIe siècle.

Haut., 128 millim.; larg., 105 millim.

78 — *Un Génie.* Nu et ailé, volant, il tient de la main droite une banderolle et de la gauche une couronne de lauriers. Bronze. Italie, milieu du XVIe siècle.

Diam., 48 millim.

79 — *Continence de Scipion.* Scipion, vêtu en général romain, est assis sur un trône surmonté d'un dais et accompagné de soldats; devant lui, deux femmes sont agenouillées. Bronze doré. Italie, seconde moitié du XVIe siècle.

Haut., 69 millim.; larg., 53 millim.

80 — *Combat de dieux marins.* Bas-relief rond en bronze à patine brune. Italie, fin du XVIe siècle. Encadré.

81 — *Le Triomphe de Silène.* Silène, ivre, est porté par deux bacchantes; derrière lui, un groupe de bacchantes. Au premier plan, deux lions. Bronze. Italie, XVIe siècle.

Haut., 7 cent.; larg., 7 cent.

82 — *Le Printemps et l'Été.* Le Printemps, sous la figure d'une femme debout et drapée à l'antique, porte dans un pan de son manteau des fleurs que prend l'Été; celle-ci marche vers la droite et de la main gauche relevée tient des épis. Bronze. Italie, XVIIe siècle.

Haut., 10 cent.; larg., 9 cent.

83 — *L'Hiver et l'Automne.* L'Hiver, sous la figure d'une femme debout et drapée à l'antique, tient de la main gauche un réchaud; près d'elle se tient debout l'Automne couronnée de pampres soutenant une grande corne d'abondance remplie de fruits. Bronze. Italie, XVIIe siècle.

Haut., 95 millim.; larg., 5 cent.

84 — *La Sainte Famille.* La Vierge assise à droite, voilée et nimbée, supporte de ses deux mains l'Enfant Jésus. A gauche, saint Joseph, vu à mi-corps, nimbé, prend la main droite de l'enfant. Bronze découpé. Italie du Nord, XVIe siècle.

Haut., 9 cent.; larg., 85 millim.

85 — *Pluton enlevant Proserpine.* Le dieu vient de saisir Proserpine et remonte dans son char que traînent deux chevaux; l'Amour, tenant un flambeau allumé, les accompagne. Bronze. Italie, XVIe siècle.

Diam., 52 millim.

86 — *Jésus discutant avec les docteurs.* Au fond du temple Jésus est assis dans une chaire que surmonte un baldaquin ; autour de lui sont assis plusieurs docteurs tenant des livres. A gauche, au premier plan, Joseph et Marie viennent d'apercevoir leur fils. Bronze. Italie, XVIe siècle.

Haut., 95 millim.; larg., 7 cent.

87 — *Frise d'ornement.* De chaque côté d'un vase surmonté d'oiseaux sont assis des personnages sur des dauphins ; à droite et à gauche, des chiens, des sirènes tenant des cornes d'abondance et des masques de femmes. Bronze doré. Travail italien, XVIe siècle.

Long., 165 millim.; haut., 35 millim.

88 — *La Vierge accompagnée de deux saints.* La Vierge, couronnée et nimbée, est assise sur un trône et soutient sur ses genoux l'Enfant Jésus qui bénit ; à droite et à gauche, on aperçoit debout saint Laurent et saint Sébastien. Au bas, un écusson d'armoiries surmonté d'un chapeau de cardinal : de... à la bande bretissée et contre-bretissée de... accompagné de trois étoiles de... en chef et en pointe. Bronze ovale. Italie. XVIe siècle.

Haut., 98 millim.; larg., 77 millim.

89 — *Sujet inconnu.* A gauche, une femme enchaînée, drapée à l'antique, que conduit un soldat, également vêtu à l'antique ; à droite, deux vieillards auxquels un jeune garçon semble adresser la parole. Fond de paysage. Bronze doré. Allemagne, fin du XVIe siècle.

Diam., 72 millim..

90 — *Sujet antique.* Au centre, un guerrier romain soutient une femme nue évanouie, tandis que d'autres guerriers s'emparent d'un homme, nu également; à gauche, un autre groupe de soldats. Plomb ovale. Italie. XVIe siècle. Surmonté d'une pierre gravée.

Long., 87 millim.; haut., 33 millim.

91 — *La Vierge et l'Enfant Jésus.* Assise, vêtue de long, elle soutient sur ses genoux l'Enfant Jésus debout et nu; autour de cette composition, on aperçoit six têtes de chérubins. Bordure composée d'une branche écotée. Bronze, traces de dorure. Italie. XVIe siècle.

Diam., 43 millim.

92 — *Les Différents Âges de la Vie.* Les différents âges sont représentés par cinq têtes, dont deux en creux comme l'inscription « AETATES » qui les accompagne, et trois en relief. Bronze ovale. Italie, XVIe siècle.

Haut., 6 cent.; larg., 35 millim.

93 — *Lucrèce se donnant la mort.* Lucrèce debout, vêtue d'une longue tunique, s'enfonce une longue épée dans le sein. A gauche, est endormi à terre un guerrier; à droite, on aperçoit un cheval et un chien. Bordure composée de cuirs découpés. Bronze ovale. Italie. XVIe siècle.

Toile. Haut., 4 cent.; larg., 48 millim.

94 — *Mars.* Il est représenté en buste, la tête de trois quarts inclinée vers la gauche, barbu, vêtu d'une cuirasse antique; il est coiffé d'un casque orné d'une paire d'ailes. Bronze. Travail flamand ou allemand, fin du XVIe siècle.

Diam., 72 millim.

95 — *Judith.* Elle est représentée debout, vêtue d'une tunique; de la main gauche, elle tient un coutelas, et de la droite, la tête d'Holopherne. Dans le fond, les murailles de Béthulie; au bas, un mascaron accompagné de draperies. Bronze ovale, doré. Italie, XVIe siècle.

Haut., 93 millim.; larg., 55 millim.

96 — *Triomphe des Quatre Vertus.* Sur un char, traîné vers la droite par deux chevaux, sont assises les Quatre Vertus, accompagnées de leurs attributs. Sur l'un des chevaux du char est monté un vieillard à longue barbe. Bronze. Italie. XVIe siècle.

Long., 125 millim.; haut., 65 millim.

97 — *Plaque* provenant d'un coffret décoré de pilastres encadrant deux plaquettes ovales de Valerio Belli. Sur l'une d'elles, on voit un personnage debout devant lequel est agenouillée une femme ; l'autre femme porte des vases sur la tête. Cette plaquette est signée. Sur l'autre plaquette, un personnage vêtu à l'antique, casqué, est agenouillé devant un grand-prêtre. Légende : SERVIENTI..... Bronze. Italie, XVIe siècle.

Haut., 7 cent.; larg., 103 millim.

98 — *La Chute de Phaéton.* Phaéton est précipité vers la terre au milieu des débris du char du soleil et les chevaux qui le traînaient se cabrent au milieu des nuages ; dans le haut, à droite, Jupiter tenant la foudre. Au bas sont figurés les bords du fleuve Bridan. Bronze. Italie, XVIe siècle.

Haut., 125 millim ; larg., 7 cent.

99 — *Allégorie.* Dans les airs, on aperçoit un char antique traîné par Pégase; dans le char, une femme tenant en main une torche et semant des fleurs. Au bas, un paysage. Légende : VIRTUTIS FORMŒ QUE PRŒVIA. Bronze. Italie, XVIe siècle.

Diam., 71 millim.

100 — *Un Cavalier.* Son cheval est tourné vers la gauche et entièrement bardé de fer; lui-même est vêtu d'une armure complète, sa visière est levée et il brandit son épée. Bronze. XVIIe siècle.

Diam., 97 millim.

PLAQUETTES FRANÇAISES ET ALLEMANDES

101 — *Un Ange.* Debout et dirigé vers la droite, marchant sur des nuages, il est vêtu d'une longue tunique flottante dont il retient la ceinture de la main droite, tandis que de la main gauche il tient une trompette dans laquelle il souffle. Bronze doré. Travail français, milieu du XVIe siècle.

Haut., 11 cent.; larg., 52 millim.

102 — *La Tempérance.* Elle est représentée sous les traits d'une femme debout, tournée vers la gauche; elle verse le liquide contenu dans une coupe dans une autre coupe. A droite, un arbre mort ; fond de paysage et de fabrique. Bronze. Allemagne, XVIe siècle. M. 656.

Haut., 88 millim.; larg., 55 millim.

103 — *La Vierge et l'Enfant Jésus entourés d'anges.* La Vierge, assise sur un siège à haut dossier, nimbée, les cheveux épars sur les épaules, vêtue d'un long manteau et d'une robe légèrement décolletée, à manches serrées sur l'avant-bras et très larges à partir du coude, tient sur son genou gauche l'Enfant Jésus qui joue avec la boule du monde. A droite et à gauche de la Vierge, se voient six petits anges ; deux, dans le bas de la composition, relèvent les pans du manteau de la Vierge ; plus haut, à droite, un autre souffle dans une flûte, tandis qu'à gauche, un quatrième, debout sur un coussin, joue avec les cheveux de la Vierge ; deux autres, enfin, sont placés à cheval sur des liens qui rattachent des festons au dossier du fauteuil. Bronze doré. Allemagne, XVIe siècle. M., 690.

Haut., 13 cent.; larg., 98 millim.

104 — *Fragment d'une planche gravée.* Au premier plan, à gauche, Mars est assis et Vénus, debout près de lui, pose sa main sur son épaule. A droite, près d'un pilier est assise une femme nue coiffée d'un casque; derrière elle se tient debout un personnage en costume du XVIe siècle, portant un sablier. Au fond, deux petits amours. Cuivre. Allemagne, XVIe siècle.

Diam., 48 millim.

105 — *Plaquette gravée.* Elle est gravée sur ses deux faces ; d'un côté, sous une arcade d'architecture, est figuré le Christ en croix ; de l'autre, sous une arcade de même style, Saint Jean l'Évangéliste, accompagné de l'Agneau mystique. Bronze. Allemagne, XVIe siècle.

Haut , 57 millim., larg., 3 cent.

106 — *Vénus*. Debout, vue de dos, nue, du bras droit elle s'appuie sur un pilier et de la main gauche tient une draperie. Sur le pilier, le monogramme d'Albert Dürer. Bronze. Allemagne, XVIe siècle.

Haut., 14 millim.; larg., 62 millim.

107 — *Sujet allégorique*. Au premier plan, à droite, près d'un arbre, une femme nue, debout, de face, les cheveux épars. Au second plan, à gauche, un homme nu portant deux jeunes enfants. Dans le haut, à gauche, un cartouche portant une inscription illisible. Bronze. Allemagne, commencement du XVIe siècle. Attribué à Peter Vischer.

Haut., 205 millim.; larg., 15 cent.

108 — *La Vérité*. Elle est représentée sous les traits d'une femme assise dans une sorte de niche d'architecture, se regardant dans un miroir que soutient un petit génie. Fond de paysage et de fabriques. Bronze. Allemagne, XVIe siècle.

Diam., 75 millim.

109 — *Motif de décoration*. Au milieu de cuirs découpés, on aperçoit une chimère accompagnée de figures de génies et des satyres supportant des corbeilles. Modèle d'orfèvrerie. Bronze. Allemagne, XVIe siècle.

Haut , 52 millim.; larg , 65 millim.

110 — *Le Dieu Mars*. Il est représenté debout, vêtu à l'antique, casqué, la main gauche levée ; de la droite abaissée il tient un cimeterre. Bronze. Allemagne. XVIe siècle.

Haut., 45 millim.; larg., 28 millim.

111 — *Minerve.* Elle est représentée debout, casquée, vêtue d'une cuirasse et d'une longue tunique flottante; de la main droite elle s'appuie sur une longue flèche; au bras gauche elle porte un bouclier orné d'une tête de Gorgone. Bronze. Allemagne, XVIe siècle.

Haut., 45 millim.; larg., 28 millim.

112 — *Le Jugement de Pâris.* Pâris, vêtu d'une armure complète, est endormi à terre près d'une fontaine; près de lui, à droite et à gauche, se tiennent debout les trois déesses nues, portant au cou des colliers d'orfèvrerie; au second plan est assis Mercure barbu, coiffé du petase et portant un caducée. Paysage montagneux. Plomb. Allemagne, première moitié du XVIe siècle.

Haut., 205 millim.; larg., 155 millim.

113 — *La Vierge et l'Enfant Jésus.* La Vierge est assise de face sur un banc. Couronnée, les cheveux épars, drapée dans un grand manteau dont les plis cassés s'étagent autour d'elle, de ses deux mains elle soutient l'Enfant Jésus, debout et nu, qui fait de la main droite le geste de la bénédiction. Bronze en partie doré. Bas-relief d'applique. Travail flamand, XVIe siècle.

Haut., 83 millim.; larg., 75 millim.

114 — *L'Ange Gabriel.* A genoux, vêtu d'une longue tunique, d'une main il tient une tige de lys autour de laquelle s'enroule une banderolle, et de la main droite fait un geste de bénédiction en annonçant à la Vierge qu'elle sera mère de Jésus. Bronze d'applique doré. Travail flamand, commencement du XVIe siècle.

Haut., 6 cent.

115 — *Le Dévouement de Curtius.* Curtius, sur un cheval cabré dirigé vers la droite, va se précipiter dans le gouffre d'où s'échappent des flammes. Encadrement formé d'un tore de lauriers. Enseigne de chapeau. Bronze doré. Allemagne, XVIe siècle.

Diam., 35 millim.

116 — *Abraham chassant Agar.* — Abraham vu à mi-corps, barbu, coiffé d'un turban, ordonne à Agar de s'éloigner avec son fils Ismaël. A gauche, Sarah vue de dos. Décoration composée de palmettes. Bronze.

Diam., 7 cent.

117 — *La Vierge à la chaise,* d'après le tableau de Raphaël. Bronze.

Diam., 73 millim.

MEDAILLES

118 — *Ludovico Carbone.* Buste à droite, imberbe, les cheveux longs, bouclés. Légende : OR SETTV QVEL . CARBONE . QVELLA . FONTE. En exergue et en creux : OPVS SPERANDEI. ℟ Une sirène de face tenant dans ses mains les extrémités de sa double queue. Légende : MVSIS GRATIIS QUE VOLONTIBVS CHE SPANDI DI PARLAR SILLARGO FIVRME. Bronze. Sperandio. Italie, XVe siècle. Armand, t. Ier, p. 66, no 14.

Diam., 84 millim.

119 — *Inigo Lopez de Mendoza.* Droit : buste de jeune homme de profil à gauche, imberbe, les cheveux longs, coiffé d'un petit bonnet. Légende : ENECVS LODEZ . D . ME . DOCA . COMES. S. ℟. Bronze. Italie, fin du XVe siècle. Armand, t. II, p. 83, n° 1.

Diam., 22 millim.

120 — *Cornelio Mussi, évêque de Bitonto.* Droit. L'évêque en buste de profil à gauche, barbu, vêtu d'un camail. Légende : CORNELIVS . MVSSVS . EPVS . BITVNT. Revers : Des pasteurs gardant un troupeau et une licorne près d'une source. En exergue, les armoiries de l'évêque accompagnées de deux cornes d'abondance. Légende : SIC . VIRVS . A . SACRIS. Bronze. Italie, XVIe siècle. Armand, t. II, p. 212, n° 46.

Diam., 56 millim.

121 — *Frédéric III et Maximilien, empereur d'Allemagne.* Droit. Bustes à droite superposés de Maximilien et de Frédéric; tous deux imberbes et coiffés de bonnets. Légende : ✝ DIVI . FREDRICHVS . ET PAT . ET MAXIMILIANVS . FILI . IMPER . ROMANI. ℟ Les armoiries impériales supportées par deux petits génies ailés. Légende : NOBILISS . AC . ILLVSTRISS . DOMVS . AVSTRIACAE . INSIGNA . AN . 1531. Bronze. Allemagne, XVIe siècle.

Diam., 46 millim.

122 — *Les trois Grâces.* Au centre, le groupe des trois Grâces rappelant par ses dispositions le groupe antique conservé à Sienne; près d'elles, deux jeunes enfants auxquels elles jettent des fleurs. Légende : HAS . HABET .

ET.SVPERAT. Revers de la médaille d'Isabelle de Portugal, femme de Charles-Quint. Bronze. Leone Leoni. Italie, XVIe siècle. Armand, t. Ier, p. 168, n° 25.

Diam., 72 millim.

123 — *Médaille allégorique.* Droit. Une femme debout, drapée à l'antique, tenant en main un vase rempli de feu d'où sort un phénix. Légende : SEMPITERNITAS. ℞ Une Renommée ailée soufflant dans deux trompettes, assise sur le globe du monde. Légende : IMORTALITAS, 1541. Médaille frappée. Bronze. Italie, XVIe siècle.

Diam., 35 millim.

124 — *Albert Dürer.* — Médaille commémorative de la mort d'Albert Dürer, frappée à Nuremberg en 1828.

Diam., 52 millim.

OBJETS DIVERS

125 — Haut-relief de forme ronde en marbre tendre blanc de Venise : l'Enfant Jésus et saint Jean-Baptiste. Travail italien.

126 — Bas-relief sans fond en marbre tendre blanc : tête d'enfant. Travail italien.

127 — Petit buste d'adolescent en pâte teintée. Travail italien.

www.ingramcontent.com/pod-product-compliance
Ingram Content Group UK Ltd.
Pitfield, Milton Keynes, MK11 3LW, UK
UKHW021038180726
13838UKWH00004B/1871

9 782329 448312